PETIT CARÊME

POÉTIQUE.

PERPIGNAN,

Imprimerie de Mlle. A. TASTU, rue de la Préfecture, 5.

PETIT CARÊME POÉTIQUE

OU

PSAUMES PÉNITENTIAUX,

Proses et Hymnes Diverses,

Traduits en Vers Français

PAR JACQUES ARGIOT,

Auteur de la Sainte Messe, du Petit Vespéral des Dimanches et Fêtes et des Psaumes Graduels en vers français.

PARIS,

Louis MAISON, Libraire-Éditeur, 3, rue Christine.

PERPIGNAN,

Antoine FOURQUET, Libraire-Éditeur, 6, rue de la Tapinaria.

1853.

A LA MÉMOIRE

de

MON CHER PÈRE, JOSEPH ARGIOT,

et de

MA MÈRE CHÉRIE, ROSE ARGIOT-ABÉLANET.

JACQUES ARGIOT.

Perpignan, 15 février 1853.

Monsieur le Rédacteur,

Sous le titre de *Petit Carême poétique*, j'ai l'honneur de vous envoyer, en vous priant de lui donner place dans vos feuilletons des six semaines qui vont s'écouler, une traduction, que je viens de terminer, en vers français, des Sept Psaumes Pénitentiaux, du *Stabat Mater*, de l'hymne de l'adoration de la Croix, etc. Ces textes réunis formeront un utile supplément à ma première publication. Permettez-moi de renvoyer vos lecteurs à la préface dont elle est accompagnée, pour l'exposition des principes qui me dirigent dans la reproduction des textes sacrés en vers. Il me suffit ici de déclarer que je me suis efforcé de rester fidèle à mon système fondé, à mon avis, sur les plus respectables motifs.

Recevez d'avance, avec mes remercîmens pour votre obligeant accueil, mes affectueuses salutations,

J. ARGIOT.

A Monsieur le Rédacteur du Journal des Pyrénées-Orientales, à Perpignan.

PETIT CARÊME POÉTIQUE,

On trouvera dans ma première publication, (*la Sainte Messe, Petit Vespéral des Dimanches et Fêtes, etc.*) les Psaumes et les hymnes des Vêpres des Dimanches quadragésimaux.

Les Sept Psaumes Pénitentiaux.

I.

PSAUME VI.

(*Domine, ne in furore....... , Miserere* etc.)

ARGUMENT. — David déplore ses péchés et laisse dans ce Psaume, éloquente expression de son repentir, un modèle de prière à tous les pécheurs qui, à son exemple, craindront les jugemens de Dieu et aspireront à se réconcilier avec le Souverain Juge

1

Reprenez-moi, Seigneur, non dans votre colère,
Mais dans votre bonté.
Punissez mes erreurs; oui, frappez, mais en père,
Non en maître irrité.

2

Ayez pitié de moi, car je naquis débile,
Enclin à mille maux;
Guérissez-moi, mon Dieu; car sous ma chair fragile,
Je sens trembler mes os.

3

Du poids de ses péchés mon âme s'épouvante;
Le remord suit mes pas.
Ah! Seigneur, qu'à mon gré votre clémence est lente!
Ne m'entendrez-vous pas?

4

Votre miséricorde aime un cœur plein d'hommages,
O Seigneur!... Eh bien donc,
Tournez vers moi les yeux, sauvez-moi des orages,
Soyez ma guérison,

5

Et je vous chanterai parmi ceux qui vous aiment;
Car de tous ces méchans
Qui, couchés dans leur tombe, aux enfers vous blasphèment,
Nul pour vous n'a de chants.

6

Oh! voyez! les sanglots ont desséché ma bouche;
J'ai veillé dans les pleurs,
Et de pleurs, chaque jour, j'arroserai la couche,
Témoin de mes douleurs.

7

J'ai vieilli dans la honte, esclave de vils charmes,
Chers aux cœurs endurcis!
O malheur! Le remord en corrosives larmes
Fond mes yeux obscurcis.

8

Ah! fuyez! artisans d'iniquités! arrière!
Arrière! éloignez-vous!
Fuyez, car le Seigneur exauce la prière
Qui pleure à deux genoux.

9

Oui, le Seigneur si bon, dans sa miséricorde,
Au pécheur repentant,
Accueillit ma détresse et son amour m'accorde
Un pardon éclatant.

10

Vous, cruels, dont la main m'entraînait aux abîmes,
Rougissez et fuyez.
Mais non..... Venez à Dieu, rougissez de vos crimes,
Et tombez à ses pieds. (1)

Gloire au Père Eternel ! Louange au Fils du Père !
A l'Esprit-Saint honneur !
Comme au commencement, à jamais, cieux et terre,
Célébrez le Seigneur.

13 janvier 1853.

II.

PSAUME XXXI.

(*Beati quorum remissæ sunt iniquitates, etc.*)

L'argument du Psaume précédent convient également à celui-ci.

1

Heureux, heureux sont-ils ceux à qui Dieu propice
A remis leurs iniquités,
Dont les péchés couverts de sa sainte justice
Ne leur seront point imputés !

2

Plus fortunée encor la vie hélas ! si rare,
Qui n'offre à Dieu rien à punir,
Qu'anime un esprit droit, que nul appât n'égare,
Que nul vice n'a pu ternir !

3

Qu'ils sont heureux !.... Et moi, dans mon âme avilie,
Je gardais mes honteux secrets !....
J'ai tout dit !.... Dans les cris ma voix s'est affaiblie,
Tant, jour et nuit, j'en proférais !

4

Car, nuit et jour, Seigneur, votre main vengeresse
Sur moi venait s'appesantir,
Et mon cœur s'éveilla de sa coupable ivresse
Sous l'aiguillon du repentir.

5

Aussi, fautes, péchés, vils instincts, sombres vices,
Je confiai tout à mon Dieu ;
Devant lui, de mes jours, long tissu d'injustices,
Je déroulai le long aveu.

6

Et je dis : « Je confesse à Dieu, contre moi-même,
Tous les péchés que j'ai commis ! »
Et je parlais encore, ô Clémence suprême !
Que ces péchés m'étaient remis.

7

Témoins de mon salut, ceux dont le cœur sincère
A gardé la foi, saint trésor,
Vous offriront leurs pleurs et leur prière, ô Père,
Car il en sera temps encor ;

8

Et puis, quand vos fureurs, implacable déluge,
Fondront sur le monde détruit,
Clémente pour eux seuls, à leurs pieds, divin Juge,
La vague expirera sans bruit.

9

Cependant aux malheurs que votre amour m'inflige
Résignez mon rebelle orgueil,
Dieu sauveur ! et rompez ce complot qui m'afflige,
Noir cercle de haine et de deuil. (2)

10

« Eh bien ! » avez-vous dit, « mon enfant, je t'apporte
L'intelligence de ma loi ;
Je t'ouvre le chemin, j'y serai ton escorte ;
Mes yeux seront fixés sur toi. »

11

Du cheval, du mulet, viles bêtes de somme,
N'imitez point l'aveuglement,
Mortels. Dieu fit pour eux l'instinct brutal ; à l'homme
Il a donné l'entendement.

12

Vous donc, Seigneur, de ceux qui désertent vos gloires,
Au gré d'un instinct sans remords,
Bridez l'élan ; broyez leurs sanglantes mâchoires
Sous la rude étreinte du mors.

13

Qu'ils l'apprennent ; Dieu lance aux âmes pécheresses
Coups sur coups, fléaux sur fléaux,
Mais sa miséricorde entoure de caresses
Qui l'implore dans tous ses maux.

14

Triomphez donc, rompez une contrainte étroite,
Justes ! Louez Dieu, votre appui.
Que tout mortel portant au sein une âme droite
La laisse épanouir en Lui !

Gloire au Père Eternel ! Gloire à son Fils unique !
Gloire à l'Esprit-Saint ! Dès ce jour,
Comme au commencement que vers Dieu ce cantique
Elève à jamais notre amour !

19 janvier 1853.

III.

PSAUME XXXVII.

(Domine, ne in furore tuo....... Quoniam, etc.)

ARGUMENT. — David déplore son péché à la suite de la révolte d'Absalon qui, avec une série d'autres malheurs, en avait été le châtiment et l'avait réduit à une situation extrêmement précaire. Mais, selon les Pères, David, dans quelques parties de ce Psaume, n'est que la figure de N.-S. Jésus-Christ, qui, assumant le fardeau de péché de toute la race humaine, déplorant cet amas d'iniquités, se vit comme le Roi-Prophète poursuivre par son peuple, et, trahi, méconnu ou abandonné par ses disciples les plus chers, se livra aux tourmens de la Passion, pour racheter l'homme de l'arrêt de mort prononcé contre la postérité d'Adam.

1

Reprenez-moi, Seigneur, non dans votre colère,
Colère si terrible au pécheur endurci !
Punissez mes erreurs, frappez, mais comme un père
Heureux de voir son fils implorer sa merci.

2

Hélas ! à tous momens, quelque flèche imprévue
Perce ma solitude et déchire mon sein ;
Et vous, pour rendre encor ma douleur plus aiguë,
Sur le dard vous venez peser de votre main !

3

Ah ! sitôt qu'apparaît dans mon âme tremblante
Votre courroux, ma chair souffre et perd tout repos,
Et de mes longs péchés la pensée accablante
Court au fond de mon être ébranler tous mes os.

4

C'est qu'aussi mes péchés, torrent noirci de vase,
Ont submergé mon front qui bravait les remords ;
Que, pour un tel fardeau dont la masse m'écrase,
Seigneur, mon âme est faible et faible aussi mon corps !

5

O démence ! J'allais, contaminé de vices,
Du Guérisseur suprême oubliant les secours !
Je laissais, sur la foi de fausses cicatrices,
Le poison cheminer rongeant, rongeant toujours !

6

Mon front fait pour les cieux, à l'égal de la brute,
Je l'avais donc vautré dans les plaisirs charnels!
O honte !.... Et tout le jour, consterné de ma chûte,
J'errais, le cœur brisé de souvenirs mortels.

7

Triste héritage, hélas ! qu'Adam transmit aux hommes !
Par lui, je nourrissais mon cœur d'illusion ;
Par lui, mes reins brûlans se peuplaient de fantômes ;
Par lui, tout dans ma chair était corruption.

8

Aussi tombai-je, épris d'une folle licence,
Dans un gouffre sans fond d'opprobre et de malheur !
Comme un lion vaincu, pleurant mon innocence,
En sourds rugissemens j'exhalai ma douleur.

9

C'était vers vous, mon Dieu, que montaient tout en larmes
Mes supplications dont vous fûtes touché.
Regrets, gémissemens, délirantes alarmes,
Invisible témoin, rien ne vous fut caché.

10

Vous l'entendiez gronder dans mon cœur cet orage
Où la raison, heurtant l'instinct séditieux,
Succomba ... Dans ce cœur, alors, plus de courage,
Et le jour s'éteignit dans mon âme et mes yeux.

11

Mes amis que j'aimais d'une amitié si tendre,
Mes proches que j'aimais d'un si profond amour,
Sont venus, tout armés, vers moi, pour me surprendre
Et je les vis dresser leurs tentes alentour.

12

Puis, ceux qu'à mes côtés j'avais vus si fidèles,
Qui partageaient mon pain, restèrent à l'écart;
Alors, rompant tout frein importun, les rebelles
Brandirent contre moi lance, clous et poignard.

13

De détracteurs jaloux une odieuse ligue,
Pour me nuire, exhala ses discours mensongers.
Tout lui fut bon, rumeurs, soupçons, piéges, intrigue,
Pourvu que ses complots me fissent des dangers.

14

Eh bien! Seigneur, devant cette agressive armée,
Pareil à l'affligé qu'à l'écart nous laissons,
Dont l'oreille à tout bruit pour jamais est fermée,
Dont la langue jamais n'articula les sons,

15

Je passai, dédaigneux de leurs folles menaces,
Comme s'ils les lançaient à des organes sourds,
Comme si je n'avais, pour ces haines tenaces,
Qu'une bouche inhabile et vide de discours.

16

Ah! Seigneur, c'est qu'en vous, en votre appui prospère,
Non dans le vain effort de mon faible savoir,
J'ai mis mon espérance, et vous viendrez, ô Père,
En exauçant mes vœux confondre leur espoir.

17

C'est que j'ai dit: « Mon Dieu, soutenez ma constance;
Qu'elle succombe, hélas! vous devrez m'en punir.
Quel triomphe pour eux! Vous savez leur jactance
Aux jours où sur mes pieds j'eus peine à me tenir! »

18

C'est qu'à vos fouets vengeurs mon âme est résignée,
O mon Dieu! qu'elle est prête à tous vos châtimens,
Et que de ses péchés elle-même indignée,
Elle en évoque, hélas! l'horreur à tous momens.

19

C'en est fait, ces péchés, il faut que j'en raconte
Aux siècles à venir le lamentable aveu,
Oui, j'épuiserai tout pour expier ma honte;
Oui, Seigneur, l'abolir, c'est mon unique vœu.

20

Cependant, il est vrai, mes ennemis prospèrent;
Ils se sont exhaussés sur mes tristes débris;
Ils traînent à leur suite un peuple que trompèrent
Et leur injuste haine et leurs ingrats mépris;

21

Il est vrai, quand j'allais suivant vos saintes voies,
Tous ceux que ma candeur servait mal à leur gré,
Ceux qui rendent toujours des chagrins pour des joies,
En sarcasmes furtifs m'ont toujours dénigré;

22

Mais qu'importe, après tout, que, dans leur fausse route,
Ils triomphent, heureux de leurs noirs attentats,
Si cependant, Seigneur, votre oreille m'écoute,
Si de moi votre main ne se retire pas?

23

Car c'est de vous, Seigneur, ma suprême espérance,
Que j'attends mon salut. Venez me secourir,
Veillez sur moi, mettez un terme à ma souffrance,
Séparez-moi des rangs condamnés à mourir.

Gloire au Père Eternel! gloire à son Fils unique!
Et gloire à l'Esprit-Saint! Comme au commencement,
Maintenant et toujours, qu'un triomphal cantique
S'élance dans les airs et monte au firmament!

28 janvier 1853.

IV.

PSAUME L.

(Miserere meî, Deus, etc.)

Argument. — Dieu irrité contre David, à cause de ses prévarications, lui envoya le prophète Nathan qui, après les lui avoir amèrement reprochées, lui prédit les effroyables malheurs qui devaient en être le châtiment. David, pénétré de repentir, composa ce Psaume, éternel témoignage des remords d'une âme coupable, que s'appliquent depuis lors, selon la mesure de leurs fautes, tous les pécheurs convertis.

Les faits auxquels se rapporte ce texte sont racontés au 2e livre des Rois, chap. 12.

1

Pitié pour la douleur où mon âme s'abîme !
Que vers elle, ô Dieu bon !
Votre miséricorde afflue et sur mon crime
Se répande en pardon !

2

Par votre amour si riche en paternelles grâces,
En touchantes bontés, (3)
Effacez de vos mains les odieuses traces
De mes iniquités.

3

Que cet amour en moi verse ses ondes pures !
Que son flot épanché
Lave et lave à jamais les hideuses souillures
Qu'y laissa le péché !

4

Ah! ce péché, Seigneur, j'en sais trop l'existence ;
Je le sens, je le voi ;
Nuit et jour, tel qu'un juge armé de sa sentence
Il siége devant moi.

5

J'ai péché, sous vos yeux, contre votre précepte ;
C'est vous seul que je crains.
Appelez-moi cruel, sacrilége!... J'accepte
Vos arrêts souverains.

6

Mais hélas! du péché funeste que ma mère
En naissant a reçu,
Mon cœur a contracté le germe héréditaire
Au sein qui l'a conçu.

7

Et pourtant vous aimiez ma jeunesse candide.
A ce cœur ingénu,
De vos desseins cachés la sagesse splendide
Fut révélée à nu. (4)

8

Eh bien, de votre hysope, oui, moi, le sacrilége,
J'attends l'aspersion.
Lavé par vous, j'irai de ma blancheur de neige
Edifier Sion. (5)

9

Et mon âme écoutant vos paroles de joie, (6)
S'enivrera de paix :
Et mes os, soulevant la terreur qui les broie,
En secoûront le faix.

10

Oh! oui. De mes péchés, erreurs d'un long vertige,
Détournez vos regards ;
Effacez, détruisez jusqu'au dernier vestige
De ces honteux écarts.

11

Dans mon indigne cœur (ô douces représailles !)
Créez la pureté ;
Renouvelez en moi l'esprit, à mes entrailles
Versez la charité. (7)

12

Dans les rangs des maudits exclus de votre vue,
Ne me repoussez pas.
Que de votre Esprit-Saint la lumière assidue
Eclaire tous mes pas ;

13

Auteur de mon salut, rendez-moi cette joie (8)
Qui chante au cœur des purs.
Esprit de force, armez de force, dans leur voie,
Mes genoux si peu sûrs ;

14

Et de vos sentiers saints ma voix et mon exemple
Instruiront le pécheur ;
Et l'impie ébranlé viendra dans votre temple
Se rendre à son Seigneur.

15

De ce sang qui me voue à vos justes sévices
Faites taire les cris,
Et ma langue, ô Sauveur ! chantera vos justices (9)
En psaumes attendris.

16

Oui, venez du péché sur mes lèvres captives
Rompre le triste sceau,
Et mon cœur publîra vos gloires, et nos rives
En rediront l'écho.

17

Au prix de mes trésors, holocaustes, victimes,
Si vous l'aviez voulu,
Combien j'en eusse offerts devant vous pour mes crimes !
Mais qu'eussent-ils valu ?

18

Les sacrifices vrais, ceux-là seuls qui vous plaisent,
Ce sont les cœurs contrits ;
Pour l'âme humiliée à qui ses fautes pèsent
Dieu n'a point de mépris.

19

Pitié, sinon pour moi, pour votre cité sainte !
Vous lui futes si doux !....
J'en suis le boulevard écroulé.... que l'enceinte
Se relève par vous ! (10)

20

Alors, oblations, chants d'amour, sacrifices
Vous plairont, Roi du ciel !
Alors les premiers-nès des adultes génisses
Rougiront votre autel.

5 janvier 1853.

V.

PSAUME CI.

(Domine, exaudi...... et clamor etc,)

Argument. — Dans le Psautier hébreu, ce Psaume porte en titre l'équivalent des mots ci-après : *formule d'oraison pour le pauvre affligé, lorsque, dans ses anxiétés, il répandra sa prière en présence du Seigneur*. Dans le 1er chapitre de l'Epître aux Hébreux, St.-Paul, en preuve de la divinité de Jésus, cite les trois versets nos 26, 27 et 28 de ce Psaume qui, selon l'Apôtre, s'adressent au Verbe Divin en personne. Cette interprétation est du domaine de la foi et quoiqu'on puisse suivre telle ou telle autre opinion pour l'intelligence des autres parties du Psaume, on doit ce respect à l'affirmation apostolique de penser que le *Seigneur* à qui s'adressent ces autres parties du texte est le Verbe Saint lui-même à qui s'adressent les trois versets cités. Cette observation fondamentale m'a déterminé à préférer, entre les diverses opinions qui ont été produites dans l'explication de ce Psaume, celle qui le considère dans son entier comme une prophétie de l'institution et des immortelles destinées de l'Eglise Chrétienne, perspective riche en effet d'espérances pour les *pauvres affligés*.

1

Inspirez, ô Seigneur, à mon humble prière
Cette grâce attendrie où se plait votre amour ;
Enseignez-lui ces cris qui de notre poussière
Montent au céleste séjour.

2

Non, ne me cachez point votre face divine.
Pécheur, de ses secours ah ! je sens trop le prix !
Qu'à l'heure du malheur votre oreille s'incline
Au devant de mes tristes cris.

3

Oui, quel que soit le jour, Seigneur, où la souffrance
Elèvera vers vous mon âme et mon regard,
Exaucez-moi, venez hâter ma délivrance ;
Venez, s'il n'est déjà trop tard.

4

Car, telle la fumée un instant flotte à peine
Et se dissipe, tels mes jours se sont enfuis :
Mon corps s'est desséché comme, à sa chaude haleine,
L'âtre sèche l'aulne et le buis.

5

Comme l'herbe se fane aux coups brûlans du hâle,
De ses ardeurs mon cœur s'est flétri dans mon sein,
Car, plein d'amers pensers, abattu, le front pâle,
J'oubliai de manger mon pain.

6

Je traînai dans le deuil mes inertes journées ;
J'usai mes yeux en pleurs, ma poitrine en sanglots ;
Le marasme envahit mes formes décharnées ;
Ma peau se colla sur mes os.

7

Dans un morne désert, fuyant les bruits du monde,
Comme le pélican j'affrontai l'ennemi : (10)
J'imitai le hibou qui, dans sa nuit profonde,
Veillant sur ce monde endormi,

8

Chante et plait au Seigneur qui lui fit ce langage ;
Comme le passereau qui, saisi de frisson,
De son toit solitaire observe le nuage,
J'observai le sombre horizon.

9

Aussi vis-je tous ceux dont l'amitié factice
Avait encouragé tous mes égaremens,
Contre moi, sans mesure épanchant leur malice,
Echanger d'horribles sermens.

10

Pourquoi? C'est qu'à ma faim, loin d'eux enfin, je coupe
Un pain mêlé de cendre et de larmes mouillé;
C'est qu'à ma soif, ce vin joyeux au cœur, ma coupe
L'épanche amer, de pleurs souillé,

11

Depuis que, nuit et jour, vint éblouir ma vue
Le formidable éclair de vos yeux assombris;
Car, exalté par vous, je tombai de la nue,
Semant le sol de mes débris.

12

Comme l'ombre du soir décline au crépuscule, (12)
Mes jours précipités penchent vers le tombeau.
Comme l'herbe jaunit quand mord la canicule,
Je sens pâlir mon front si beau.

13

Mais vous qu'à nos neveux prédit ma prophétie,
Vous restez immuable en votre éternité,
Et votre souvenir ira, divin Messie,
Régir sans fin l'humanité.

14

Réveillé de l'oubli douloureux qu'elle pleure,
Votre amour daignera prendre en pitié Sion,
Car le temps marche, car bientôt brillera l'heure
Promise à la compassion;

15

Car vos saints artisans (13) que l'Esprit me révèle
Taillent, pour l'heureux jour, leurs blocs prédestinés.
Par eux, gravier, limon, (14) dans la Sion nouvelle
Sont admis, par eux façonnés.

16

Tous ces peuples épars, dont le cœur vous ignore
Apprendront à chérir votre nom redouté,
Et devant vous leurs rois, du couchant à l'aurore,
Prosterneront leur majesté.

17

Ah! qu'ils viennent! car Dieu, l'Architecte suprême
A de ses ouvriers aiguillonné l'ardeur;
Car, sous sa main, Sion s'exhausse, où Dieu lui-même
Apparaîtra dans sa splendeur:

18

Car ce Dieu s'est lassé de sa longue indulgence;
Car des humbles martyrs le sang coulant à flots
Sollicite à grands cris la céleste vengeance,
Et Dieu recueillit leurs sanglots.

19

Peuples de l'avenir! c'est pour vous que je trace
Dans le livre pieux ce chant révélateur.
Enfans régénérés par la divine grâce,
Vous loûrez le Christ Rédempteur;

20

Car, le Seigneur, du fond de son saint tabernacle,
A daigné regarder de ses regards d'amour
Cette terre où son choix, confirmant mon oracle,
Marque sa place pour son jour;

21

Car des captifs pleurant leur coupable esclavage
Il a voulu de près compter les pleurs amers,
Et, de la mort d'Adam révoquant l'héritage,
Délivrer ses fils de leurs fers.

22

Il viendra les sauver; il brisera leur chaîne,
Pour que Sion les voie, en chœurs reconnaissans,
Chantant de son doux nom la grâce souveraine,
Entourer sa gloire d'encens.

23

Et ce sera le jour (car à mes yeux il brille !)
Où rois, peuples, liés par une même foi,
Formant, d'un même esprit, une immense famille,
Serviront leur Seigneur et Roi.

24

Eh bien ! Dans ma jeunesse en fleur, moi, le prophète,
Au Dieu qui m'inspirait j'ai dit : « hélas ! mon Dieu,
Faites-moi, pour m'ouvrir l'espoir de cette fête,
Sentir combien je vivrai peu :

25

Mais donnez un sursis au pénitent qui pleure :
Ne me rappelez pas du milieu du chemin ;
Mon temps n'est que trop court, quand le vôtre demeure
Toujours, sans principe et sans fin.

26

Car, au commencement, c'est vous qui sur sa base
Avez de notre terre assis la pesanteur ;
Votre main a créé tous ces cieux qui d'extase
Inondent l'œil contemplateur.

27

Mais ces cieux passeront ; tout ce brillant système,
Ainsi qu'un vêtement tombant de vétusté,
S'usera comme lui, quand vous, toujours le même,
Vous avez votre éternité.

28

Comme l'homme dépose un manteau, s'il s'en lasse,
Vous pouvez déposer tous ces cieux éclatans ;
Mais, immuable, vous, vous remplissez l'espace
Et votre âge remplit les temps.

29

Vos serviteurs, (15) leurs fils, (16) pour leurs saints ministères,
Vers vous seront ravis, les premiers appelés ;
Et leur race (17) à jamais goûtera vos mystères
Au sein des cieux renouvelés »

Gloire au Père Eternel ! Gloire à son Fils unique !
Et gloire à l'Esprit Saint ! Maintenant et toujours
Comme au commencement, qu'un triomphal cantique
Monte vers Dieu, notre recours !

5 février 1853.

VI.

PSAUME CXXIX.

(De profundis clamavi etc.)

Argument. — Ce Psaume, riche de doctrine, appartient à la fois à la série des Graduels et à celle des Pénitentiaux. Comme ceux-là, il déplore les misères de l'exil, emblême du péché; comme ceux-ci, il enseigne les voies de la vraie pénitence. Les personnes pieuses, quand elles prient pour les morts, l'appliquent aux âmes du Purgatoire, qui, du fond de leur abîme, aspirent à remonter vers Dieu et attendent ses miséricordes promises par les mérites du Rédempteur. Dans sa courte étendue, ce Psaume contient une prière à Dieu, une exhortation au peuple et une prédiction de la Rédemption future.

1—2

Oui, des profondeurs de l'abîme,
Vers vous, ô Seigneur, j'ai crié,
Exaucez la prière infime
D'un pénitent humilié!
Seigneur, à ma voix éperdue
Prêtez une oreille assidue;
J'ai prié, Seigneur, j'ai prié.

3—4

Ah! si selon votre justice
Vous considériez nos forfaits,
Quel juste assez exempt de vice
Pourrait affronter vos arrêts?
Mais je sais votre loi si bonne;
Vous êtes le Dieu qui pardonne
Et j'ose attendre vos décrets.

5—6

Je l'ose, oui. De votre parole
Ma pauvre âme apprit le pouvoir.
Dans votre voix qui la console
Cette âme a mis tout son espoir.
O peuple! En ce Dieu que j'adore,
Espère du soir à l'aurore,
Espère de l'aurore au soir.

7—8

De son sein, vers l'âme brisée
Sous le fardeau de ses douleurs,
Descend la salubre rosée
De ses pardons réparateurs.
Oui, ce Dieu (qu'Israël y compte!)
La rachètera de sa honte,
Si pour sa honte elle a des pleurs.

A vous louer que tout s'empresse,
Dieu Père, Souverain des cieux!
Comme vous, que notre tendresse
Chante votre Fils glorieux!
Qu'il reçoive à travers les âges,
Comme vous d'éternels hommages,
L'Esprit procédant de vous deux!

(La traduction de ce Psaume et la doxologie qui le suit sont extraites de la Sainte Messe, Petit Vespéral des Dimanches et Fêtes et Psaumes Graduels, traduits en vers français, par Jacques Argiot, pages 19, 20, 147).

VII.

PSAUME CXLII.

(Domine, exaudi...... auribus etc.)

Argument. — David, réduit par la révolte d'Absalon, son fils, aux plus dures extrémités, reconnaît, déplore ses fautes et en sollicite le pardon, laissant aux pécheurs comme lui un admirable modèle de prière, pour se recommander à la miséricorde divine. (St.-Chrysostome). Les Pères latins rapportent ce texte à la Passion de N.-S. Jésus-Christ qui, comme un autre David, fut persécuté, comme par un autre Absalon, par Judas, selon St.-Augustin, par le peuple Juif, selon St.-Grégoire. Le traducteur s'est efforcé de rendre ses stances susceptibles de ces diverses explications.

1

De mon âme exaucez le repentir sincère;
Tenez la foi promise, ô Dieu de vérité;
Dans votre bienveillance accueillez ma misère,
Dieu juste au pécheur contristé.

2

Epargnez-moi, Seigneur, votre inflexible enquête !
Moi, votre esclave, en puis-je affronter le courroux
Quand, sur la terre, nul n'a pu dire sa tête
Justifiée auprès de vous ?

3

Mais je naquis au mal en naissant d'une femme ;
Mais l'ennemi jaloux assiégeait tous mes pas,
Et de l'amour des cieux il a courbé mon âme
A l'amour de ses vils appâts.

4

Il m'entoura de nuit comme un mort dans sa tombe ;
Mais un rayon rouvrit mes yeux à votre loi.
Et dès ce jour, mon âme à ses terreurs succombe
Et mon cœur se trouble d'effroi.

5

Alors, des jours anciens rappelant la mémoire,
Tant de bienfaits reçus, tant d'ennemis réduits,
Des œuvres de vos mains je méditai l'histoire
Dans le silence de mes nuits.

6

Alors, (ô doux besoin de mon âme ulcérée !)
J'osai tendre en pleurant les mains vers vous, Seigneur,
Car, ce qu'est l'eau du ciel à la terre altérée,
Votre grâce l'est à mon cœur.

7

Hâtez-vous donc, venez, mon Dieu, venez répandre
Dans mon cœur cette pluie aux flots fertilisans,
Car je sens sur mon âme un voile épais s'étendre
Et défaillir mes faibles sens.

8

Ne vous détournez point ; que votre auguste face
Vienne éclairer ma nuit de saints rayonnemens !
Privé d'eux, c'en est fait, le péché qui m'enlace
Me traîne aux éternels tourmens.

9

Comme une douce voix, faites qu'à mon oreille
Votre miséricorde arrive dès ce soir,
Ou du moins qu'avec l'aube, elle éclaire ma veille ;
Car en vous j'ai mis mon espoir.

10

Pour m'élever à vous, enseignez-moi la route
Où mes pas incertains devront tous s'imprimer.
Oh ! dissipez en moi l'ignorance et le doute ;
C'est vous seul que je veux aimer.

11

Sauvez-moi des complots tramés pour ma ruine,
Car je me réfugie en vous contre leur vœu ;
Initiez mon cœur à votre loi divine,
Car je proclame, en vous, mon Dieu.

12

Puis, pour guider mes pas, sans que rien les dévie,
Que votre Esprit allume en moi la charité ;
Fidèle à votre nom, renouvelez ma vie
Sous votre loi de vérité.

13

Oui, de cette douleur où s'usent mes années
Votre miséricorde arrêtera le cours ;
Oui, vous dissiperez ces haines acharnées,
Péril incessant de mes jours.

14

Et tous mes ennemis qui, tourmentant mon âme,
De ses anxiétés se font un cruel jeu,
Vous les perdrez, Seigneur, eux et leur race infâme,
Car je veux vous servir, mon Dieu !

Gloire au Père Eternel ! Gloire à son Fils unique !
Et gloire à l'Esprit Saint ! Maintenant et toujours ;
Comme au commencement, qu'un triomphal cantique
Monte vers Dieu, notre recours !

Antienne.

Que nos péchés, que ceux de nos ancêtres
Soient abolis dans votre souvenir.
Soyez clément, ô le plus doux des maîtres !
Dans notre vie il est tant à punir !

12 février 1853.

Proses et Hymnes Diverses.

RIT ROMAIN.

Prose des Morts.

(Dies iræ, Dies illa etc.)

Selon le Pape Benoît XIV, ce texte est attribué au Cardinal latin Ursin, ou Frangipani, de l'ordre des Prêcheurs, mort en 1294.

1

Il viendra ce jour d'épouvante,
Ce jour de flammes qu'ont prédit
Tes cris, ô Sybille émouvante,
Tes chants, pathétique David! (18)

2

De quelle terreur sans refuge
Frissonnera l'humanité,
Quand viendra le suprême Juge
Pesant tout dans son équité!

3

Du clairon l'appel solitaire,
Perçant les sombres régions,
Des morts, au pied du trône austère,
Condensera les légions.

4

La mort vaincue et la nature
Verront, béantes de stupeur,
Se redresser la créature
Pour répondre à l'Accusateur.

5

Alors, irréfragable histoire,
Sera produit ce livre ouvert
Où Dieu lira : « Bons, à la gloire!
» Vous, maudits, aux feux de l'enfer! »

6

Alors, plus de vain subterfuge;
Tout secret sera mis au jour;
Tout pécheur trouvera son Juge;
Tout péché, son juste retour.

7

Que dirai-je alors, misérable?
Où trouverai-je un ami sûr,
Quand, devant l'œil inexorable,
Le juste à peine sera pur?

8

Roi formidable, dont la Grâce
Est un don libre, immérité,
Qui sauvez pour sauver, de grâce,
Sauvez-moi, source de bonté!

9

Au grand jour de votre colère,
Soyez-moi clément, mon doux Roi!
Souvenez-vous que sur la terre
Vous êtes descendu pour moi.

10

Je m'égarais, brebis distraite;
Vous me cherchez, las, éperdu. (19)
Votre supplice me rachète.
Tant d'amour serait-il perdu?

11

Vous dont la juste main dispense
La couronne et le châtiment,
Ah ! lavez en moi toute offense
Avant le jour du jugement !

12

Hélas ! J'encourus ma ruine !
Mon front s'enflamme de rougeur ;
Les sanglots brisent ma poitrine.
Miséricorde ! ô Dieu vengeur !

13

Vous avez absous Madeleine
Et donné le ciel au larron.
Ah ! l'espoir, baume de ma peine,
Ce doux espoir est votre don.

14

Mes prières sont sans mérite :
Mais je sais votre amour, mon Dieu !
Hélas ! que cet amour m'abrite
Contre l'inextinguible feu !

15

A votre droite, sous l'ombrage
Où paissent vos saintes brebis,
Daignez m'admettre au pâturage
Loin, oh ! bien loin des boucs maudits.

16

Et puis, quand aux flammes aiguës
Vous aurez livré les pervers,
Au sein des phalanges élues
Placez-moi dans les cieux ouverts.

17

A mes vœux daignez condescendre.
Courbé, prosterné de remord,
Le cœur broyé, réduit en cendre,
J'implore une pieuse mort ;

18

Car il vient, le jour des justices,
Le jour de triomphe et de deuil,
Le jour de joie et de supplices,
Où, se relevant du cercueil,

19

Au pied du tribunal auguste,
L'homme devra porter l'aveu
De son passé coupable ou juste !....
Ayez pitié de lui, grand Dieu !

20

Doux Jésus ! ô vous, l'amour même,
Détournez de nous tant de maux !
Arrachez-nous à l'anathême !
Gardez-nous l'éternel repos !

13 décembre 1852.

II.

Prose en l'honneur de la Très-Sainte Vierge

AU PIED DE LA CROIX.

(Stabat Mater Dolorosa, etc.)

Ce texte a été composé par le Saint Pape Grégoire Ier, surnommé le Grand, qui mourut à l'âge de 62 ans, ayant régné depuis l'an 590 jusqu'en 604 ; c'est à son exemple que les Papes ses successeurs ont adopté le titre de *Serviteur des serviteurs de Dieu*. Un bref donné le 1er septembre 1681 par Innocent XI attache 200 jours d'indulgence à chacune des récitations de cette Prose.

1

Debout au Golgotha, la Douloureuse Mère
Morne, arrosait des pleurs de sa tristesse amère
La croix où son Fils expirait.

2

Dans son âme, de deuil et d'angoisse navrée,
Plongeant, plongeant toujours, la douleur acérée
Comme un glaive la déchirait.

2*

3

A l'aspect désolant de l'affreuse agonie,
Que vous souffrîtes, Femme entre toutes bénie,
Mère de ce Fils bien-aimé !

4

Un immense chagrin envahissait votre âme
Quand ce Fils s'éteignit sous vos yeux, pauvre Femme !
A ces mots : « Tout est consommé ! »

5

Quel homme impitoyable aux humaines souffrances
Refuserait ses pleurs à vos augustes transes,
A ces spasmes de votre cœur ?

6

Qui verrait d'un œil sec ce front, ce corps livides,
Et vous, Mère, épiant de vos regards avides
Le suprême adieu du Sauveur ?

7

Triste Mère ! Elle vit, pour les péchés du monde,
Son doux Jésus subir les ris, l'outrage immonde,
Et sous les fouets sa chair frémir !

8

Elle le vit, mourant, pencher sa tête sainte,
Et, seul, abandonné, sous la dernière étreinte,
Exhaler son dernier soupir ! (20)

9

Laissez, Mère, laissez, ô source de tendresse,
Déborder dans mon sein le deuil qui vous oppresse ;
Qu'avec vous je pleure à mon tour ;

10

Que l'amour de Jésus dans mes veines circule ;
Que, par vous, en mon cœur il pénètre et le brûle ;
Je veux complaire à tant d'amour. (21)

11

De mon âme exaucez un vœu qui la dilate ; } (22)
Faites que de Jésus toute plaie ou stygmate }
S'enfonce ou s'imprime en mon cœur ;

12

De ce Fils qui pour moi subit tant de tortures,
Faites-moi, comme vous, ressentir les blessures
Et le supplice rédempteur.

13

Faites-moi sur ce Fils pleurer des larmes vraies, (23)
Gravir son Golgotha, frissonner de ses plaies,
Tant qu'il me reste un souffle au sein !

14

Que, fidèle à sa croix, rien ne m'en rassasie,
Que mon deuil sympathique à jamais s'associe
Au deuil de vos regrets sans fin.

15

O Mère-Vierge, orgueil des vierges et des mères,
Ne me repoussez point; à vos larmes amères
Souffrez que je mêle mes pleurs;

16

Que la croix de Jésus pèse sur mon épaule,
Oui, que, mourant en Lui du meurtre qui l'immole,
J'en reparcoure les douleurs;

17

Que tout fer dont il saigne à mes fibres s'attache;
De son Sang que ma soif s'enivre sans relâche, (24)
Pour l'amour de ce Fils si cher.

18

Quand brillera le jour des divines justices,
Plaidez pour moi; daignez de vos mains protectrices
M'arracher aux flammes d'enfer. (25)

19

Que la croix soit toujours ma plus sûre gardienne;
Que la mort de Jésus prémunisse la mienne;
Que sa grâce soit mon appui;

20

Et qu'au jour où mon corps rentrera dans sa poudre, (26)
Mon âme, si son Juge alors daigne l'absoudre,
Glorieuse, remonte à Lui !!

21 décembre 1852.

III.

HYMNE DE LA SAINTE CROIX

PAR SAINT FORTUNAT.

OFFICE RÉFORMÉ. }
OFFICE ANCIEN. } *Vexilla Regis prodeunt*; *etc.*

Cette Hymne se chante aux Vêpres du Dimanche de la Passion, du Dimanche des Rameaux et aux fêtes de l'Invention et de l'Exaltation de la Sainte Croix.

1

Voici les Royales bannières !
Brillante, à leur suite, apparaît
La Croix aux sublimes mystères,
Du Dieu qu'offensèrent nos pères,
Sanglant et glorieux gibet !

2

Là, Dieu, de son amour victime,
Quand le fer déchire son flanc,
Doux à ce monde qui l'opprime,
Verse, pour en laver le crime,
L'Eau sainte et le précieux Sang.

3

De David les fidèles psaumes
Sont justifiés par la Croix.
« Dieu, disait-il aux fils des hommes,
Dieu régnera sur les royaumes
Par cet impérissable bois! »

4

Je te salue, ô tige sainte,
Elue au séjour des élus,
Qu'un Sang Royal de pourpre a teinte,
Où dans les tourmens s'est éteinte
La vie humaine de Jésus.

5

A tes bras un peuple en démence
Du monde suspend la rançon,
Croix heureuse, auguste balance,
Où Jésus de son poids immense
Arrache sa proie au démon!

6

Salut, seul espoir du fidèle;
O Croix Sainte! en ces jours de deuil,
Soutiens le juste, s'il chancelle;
Et dirige au port la nacelle
Qui court se briser à l'écueil.

7

O Trinité, source de vie,
Que tout vous célèbre en tous lieux!
Par cette Croix où tout s'expie,
Où la terre se purifie,
Donnez-nous la palme des cieux!

(Cette Hymne est extraite de la Sainte Messe, Petit Vespéral des Dimanches et Fêtes et Psaumes Graduels, traduits en vers Français par Jacques Argiot, pages 193, 194 et 195).

IV.

Hymne de Claudien Mamert.

Pange, lingua, gloriosi
Prælium }
ou } *certaminis* ; *etc.*
Lauream }

Cette hymne qui se chante le Vendredi-Saint, pendant l'adoration de la Croix, est attribuée par quelques auteurs à St.-Mamert, célèbre archevêque de Vienne (Dauphiné) qui institua (Ve siècle) les cérémonies des *Rogations*. Selon Du Pin, elle fut composée par Venance Fortunat, à qui nous devons la belle hymne *Vexilla Regis prodeunt* : mais Dom Cellier, dont le sentiment a paru le plus probable, en revendique l'honneur pour Claudien Mamert, que l'on appelait aussi Mamertin pour mieux le distinguer de son frère, l'illustre et saint archevêque.

1

Chantons la glorieuse lutte,
Langue, esclave des saintes lois.
Disons comment, après la chûte
De l'homme aveuglé sur ses droits,
Pour nous, le Créateur du monde,
Ecrasant le reptile immonde,
Mourut, triomphant, sur la Croix.

1er *chœur :*

Noble cèdre ! Elu sans partage !
Croix si chère au cœur des chrétiens,

Dis, sur quel mont, sur quelle plage,
Vis-tu s'épanouir feuillage,
Ou fleurs, ou fruits tels que les tiens?

2

Tes grâces, Eve séductrice,
Font accepter, (ô jour maudit!)
Aux lèvres d'Adam, ton complice,
Les fruits du pommier interdit.
Dieu, plaignant la mort encourue,
Veut qu'un arbre élu restitue
Plus qu'un arbre élu ne perdit.

2e *chœur :*

Croix aimable! Croix salutaire!
Du naufragé pieux radeau,
Expose à l'amour de la terre
De tes clous le sanglant mystère
Et ton adorable fardeau.

3

Du salut de la race humaine
Tel fut le plan réparateur,
Où Dieu, Sagesse souveraine,
Frustra tout l'art du Tentateur.
Au gré du Seigneur tout succède,
Et nous cueillons vie et remède
Où croupissaient mort et douleur.

1er *chœur :*

Noble cèdre! etc.

4

Quand brille, après la longue attente,
Le saint jour providentiel,
Sans quitter la droite éclatante
Du Père, auguste Roi du ciel,
Son Fils jusqu'à nous s'humilie,
S'enferme au sein pur de Marie,
Revêt la chair et naît mortel.

2e *chœur :*

Croix aimable! etc.

5

Dans sa crèche, chanté des Anges,
Il vagit, l'Enfant Souverain !
Sa chaste Mère de vils langes
Enveloppe son Corps divin ;
Une étroite spirale enserre
Ses mains que la foudre révère,
Ses pieds baisés du Séraphin.

1er *chœur :*

Noble cèdre ! etc.

6

Il grandit, il se fortifie
Par delà six lustres remplis.
L'Agneau saint dévoûra sa vie ;
Nos péchés seront abolis.
Bientôt la Croix expiatoire
Suspendra, mort, le Roi de gloire !....
Les oracles sont accomplis.

2e *chœur :*

Croix aimable ! etc.

7

Le fiel l'abreuve ; un dard s'enfonce
Au flanc qui couvre un cœur si doux !
Son front est couronné de ronce ;
Ses pieds, ses mains saignent de clous ;
De sang et d'eau son Corps ruisselle !
Terre et mers, voûte universelle,
Quel flot sacré vous lave tous !

1er *chœur :*

Noble cèdre ! etc.

8

Ah ! pour adoucir son supplice,
Incline tes rameaux pieux,
O Croix ! que ta raideur fléchisse

Sous le poids du Corps glorieux !
Oui, Croix ! que ta substance dure
S'attendrisse aux tourmens qu'endure
Le Roi de la terre et des cieux.

2e *chœur* :

Croix aimable ! etc.

9

Aux forêts dont le sol s'ombrage,
Pour ce doux fardeau Dieu t'élut.
Arbre, qui, dans le grand naufrage,
Flotteras, arche de salut !
Car de l'Agneau qui se dévoue
Le sang en a sacré la proue
Pour le port, son céleste but.

1er *chœur* :

Noble cèdre ! etc.

10

O Trinité, vivant Mystère,
Qu'à jamais tout vous rende honneur !
Eternelle louange au Père !
Gloire éternelle au Fils sauveur !
Qu'à jamais le monde unanime
Célèbre dans leur gloire intime
Fils, Père, Esprit consolateur !

2e *chœur* :

Croix aimable ! etc.

8 janvier 1853.

V.

HYMNE

DES VÊPRES DU DIMANCHE DE QUASIMODO.

Office réformé : *Ad Regias Agni dapes, etc.*
Office ancien : *Ad Cœnam Agni, providi etc.*

1

Race à la mer rouge échappée,
De l'Agneau voici le festin,
Viens, des blancs plis du lin drapée,
Chanter le Christ, ton Souverain.

2

Viens, l'amour divin s'y décèle ;
Prêtre et victime, il offre aux siens
Son précieux Sang qui ruisselle,
Son saint Corps, bonheur des chrétiens.

3

Un Sang pur préserve nos portes :
L'Ange Vengeur en fuit le seuil ;
La mer s'ouvre pour nos cohortes,
Retombe.... et l'Egypte est en deuil.

4

Désormais, pascale victime,
Pâques, c'est, pour nous, Jésus-Christ ;
Il nous est le vrai pain azyme,
Froment pur épurant l'esprit.

5

Agneau céleste ! Pain de joie !
Par vous l'Enfer est confondu ;
L'avare mort lâche sa proie
Et l'homme à sa gloire est rendu !

6

Vainqueur de l'ange des ténèbres
Qu'enchaîna son bras glorieux,
Le Sauveur, des ombres funèbres
S'élance et nous ouvre les cieux.

7

En nous éternisez, ô Maître,
La soif de ce bonheur pascal.
Au bien vous nous fîtes renaître ;
Epargnez-nous la mort du mal.

8

Eternelle louange au Père !
Au Fils, des morts ressuscité,
A l'Esprit-Saint qui nous éclaire
Gloire aussi dans l'Eternité !

2 décembre 1852.

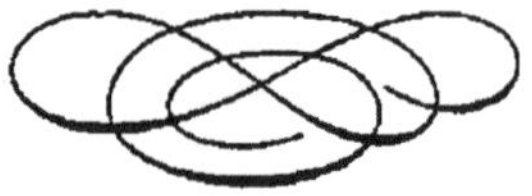

VI.

HYMNE

DU COMMUN DES VÊPRES D'UN CONFESSEUR.

OFFICE RÉFORMÉ : *Iste confessor Domini, colentes etc.*
OFFICE ANCIEN : *Iste confessor Domini sacratus, etc.*

1

Chrétiens ! célébrons tous l'heureux anniversaire
De ce jour où, de Dieu fidèle confesseur,
Ce Saint dont la mémoire à l'Eglise est si chère
Des lauriers éternels, son glorieux salaire,
Ceignit son front vainqueur.

2

Il les a mérités. Il passa dans ce monde,
Toujours chaste, humble et doux, toujours simple et frugal,
Toujours se détachant de notre fange immonde.
Sa vie inaltérable a coulé comme l'onde
Roule son pur cristal.

3

Tel est, au ciel, le prix de cette vie humaine,
Que souvent le malade, au corps endolori,
Si par elle il vous prie, ô Bonté souveraine,
De sa couche où le mal le torture et l'enchaîne
Se relève guéri.

4

Aussi, cloître, chapelle, église, basilique,
Nous voient-ils, quand ce jour brille au cercle annuel,
De ce saint Confesseur, au cœur évangélique,
Chanter la gloire, heureux si sa pitié s'applique
A nous gagner le ciel.

5

Gloire à Dieu, de ce cri que son temple résonne !
Gloire au Dieu qui, siégeant dans son éternité,
Gouverne l'univers tremblant devant son trône !
Gloire immortelle à Dieu dont la splendeur rayonne
Triple en son unité !

6 décembre 1852.

NOTES.

(1) En traduisant la seconde moitié de ce verset, j'ai cru pouvoir mettre en œuvre une interprétation peu répandue que me fournit Bellarmin. Elle m'a paru préférable à ces versions qui se contentent ici de répéter mot à mot ce qu'a déjà dit la première partie du verset, au lieu que ma courte péroraison a je ne sais quoi d'imprévu, de généreux qui remue l'âme, en même temps qu'elle s'inspire de la plus pure charité évangélique, de cette charité qui prie le ciel pour la conversion des pécheurs.

(2) Allusion à la révolte d'Absalon, selon la lettre, et aux tentations du démon, selon le sens figuré.

(3) Suivant Bellarmin, le mot hébreu que la Vulgate traduit par *miserationum* n'est pas un synonyme exact de *misericordia* du verset précédent. Le premier terme signifie proprement *abondance d'amour paternel.*

(4) St.-Jean-Chrysostome fait remarquer qu'en effet il n'est presque pas de mystère ayant pour objet N.-S. Jésus-Christ et son Eglise, qui n'ait été révélé à David et annoncé par lui dans ses Psaumes. C'est ainsi que les deux versets suivans prédisent, en termes assez clairs, l'institution du Baptême et le Sacrement de la Pénitence. La purification juive s'opérait par une aspersion faite avec l'hysope trempé dans de l'eau pure où l'on infusait une certaine quantité de cendres provenant de la combustion d'une vache rousse immolée en sacrifice. Cette cendre est la figure de Jésus-Christ immolé. L'eau pure signifie la foi. L'hysope avec ses frêles racines végétant sur le roc, est l'emblême de l'humilité. L'humilité et la foi doivent précéder ou accompagner le Baptême comme la

purification juive. L'eau pure est commune aux deux ablutions. Enfin elles produisent l'une et l'autre leur salutaire effet par les mérites de la Passion de Jésus, prévue dans l'institution du rite antique, et devant s'accomplir si peu de temps après celle du Baptême.

(5) Le 19e verset se termine ainsi : *ut ædificentur muri Jerusalem*, et ce texte a donné lieu à trois interprétations différentes. J'ai prévu qu'il me serait impossible de les reproduire toutes dans ma 19e stance et j'ai saisi avec bonheur l'occasion d'en transporter une, par anticipation, à la suite du 8e verset.

(6) *Auditui meo dabis lætitiam.* Ces mots peuvent exprimer la joie qu'éprouve le pécheur quand le prêtre prononce en sa faveur la formule sacramentelle de l'absolution. On trouvera sans doute que ma stance est susceptible aussi de cette interprétation utile.

(7) *Spiritum rectum*, *l'esprit de droiture* qui n'est autre que la charité. Les passions, toutes envahissantes de leur nature, faussent l'esprit et le disposent à usurper sur les droits du prochain. La charité fait abnégation de ses intérêts, et loin d'attenter aux droits d'autrui, à l'aide de raisonnemens spécieux, n'aspire qu'à lui sacrifier ses propres droits dans toute leur étendue.

(8) On trouve dans ce Psaume *Spiritum rectum*, *Spiritu principali*, et *Spiritum sanctum*. Certains commentateurs ont pensé que ces *Esprits* signifient le premier, Dieu le Père, le deuxième, Dieu le Fils, le troisième, le Saint-Esprit.

(9) *Deus salutis meæ.* C'est en prévision de la mort du Fils de Dieu, que David implore la rémission de son péché par les mérites du divin Rédempteur.

(10) Cette métaphore se retrouve plusieurs fois dans la Bible. *Salvator ponetur in eâ murus et antemurale* (Isaïe 26) *Dabo te populo huic in murum æneum* (Jérémie 15).

(11) Voir l'ingénieuse interprétation que Bellarmin donne de ces trois similitudes.

(12) Cette comparaison a été, je crois, mal comprise des auteurs que j'ai pu consulter. Ils se sont mépris en voulant expliquer ce *déclin de l'ombre* par les phénomènes d'ombre que produisent les corps opaques à la surface de la terre. C'est dans le ciel qu'ils

auraient dû observer la marche de l'ombre pour expliquer le texte. Quand le soleil est à son couchant, le méridien supérieur est encore éclairé d'une masse immense de lumière qui diminue graduellement à mesure que l'astre s'enfonce sous l'horizon. Le même fait se produit successivement sur tous les points de l'arc compris entre le méridien et le couchant, de sorte que l'ombre (la diminution de clarté) semble décliner et se précipiter enfin sous l'horizon Le prophète eût pu dire *le déclin du soleil* : mais un sentiment d'exquise délicatesse lui a fait préférer le *déclin de l'ombre* qui s'harmonise si bien avec les tristesses du pécheur, au lieu que le soleil, même à son déclin, est encore un radieux emblême de gloire, de puissance et de majesté.

(13) *Servis tuis*—à vos serviteurs, c'est-à-dire aux Apôtres et à leurs glorieux successeurs.

(14) *Terræ*, De la terre, c'est-à-dire *du sable, du gravier*, employés aux constructions et emblêmes ici des fidèles humbles de cœur et d'esprit qui concourront à l'édification de la Jérusalem nouvelle ou de l'Eglise.

(15) *Vos serviteurs*, c'est-à-dire les Patriarches de l'ancienne loi.

(16) *Leurs fils*, c'est-à-dire les Apôtres.

(17) *Leur race*, c'est-à-dire tout le reste des fidèles.

(18) A ce vers final de la première strophe *(Teste David cum Sybillâ)* le Missel de Paris substitue, en l'insérant entre les deux premiers vers du texte romain, le vers : *Crucis expandens vexilla*. Pour ceux qui suivent le Rite Parisien, j'ai modifié ainsi ma première stance :

Il viendra ce jour d'épouvante
Qui déroulera dans les airs
Du Christ l'enseigne triomphante
Et doit embrâser l'univers.

(19) VARIANTE.

Vous me cherchiez vers Samarie ;
Lassé, vous m'avez attendu.
Vous mourez pour m'offrir la vie.
Tant d'amour serait-il perdu ?

(20) Supremamque auram, ponens caput, expiravit (Vida).

(21) *Je veux complaire à tant d'amour.* Par ce vers d'un sens vague, puisqu'il n'énonce pas la dérivation de cet amour, l'auteur a voulu s'accommoder aux trois leçons sous lesquelles le vers correspondant du texte se trouve dans les Heures, savoir :

Ut { *tibi* / *sibi* / *illi* } *complaceam.*

(22) In tribulatione *dilatâsti* mihi. (Psaume IV. 1.) J'ai cru pouvoir désigner par le mot *stygmate* l'empreinte des lanières sur le corps de l'adorable Flagellé.

(23) *Ploratur lacrymis* amissa pecunia *veris.* (Juvénal. 13.)

(24) Au lieu de { Cruce hâc inebriari / ob amorem Filii } de l'office ancien,

L'office réformé donne { Fac me cruce inebriari / et cruore Filii.

J'ai conservé de ces deux textes le mot *inebriari* qui leur est commun, et les deux derniers vers des deux leçons ; j'ai supprimé *l'ivresse de la Croix*, qui m'a semblé constituer une figure incohérente, comme l'indique d'ailleurs assez l'insertion dans l'office réformé du mot *cruore* qui rend la figure régulière.

(25) J'ai suivi l'office réformé qui substitue *ne flammis cremer succensus* au vers *inflammatus et accensus* de l'office ancien.

(26) Revertentur in pulverem suum. (Psaume CIII, 29.)

www.ingramcontent.com/pod-product-compliance
Ingram Content Group UK Ltd.
Pitfield, Milton Keynes, MK11 3LW, UK
UKHW021129230726
13926UKWH00002B/686